LE CHAPITEAU

D'ANTOINE RAGUIER

ET SES MAISONS

DE LA RUE DES BLANCS-MANTEAUX

PAR

CHARLES SELLIER

PARIS

1897

LE CHAPITEAU

D'ANTOINE RAGUIER

ET SES MAISONS

DE LA RUE DES BLANCS-MANTEAUX

PAR

CHARLES SELLIER

PARIS

1897

LE CHAPITEAU D'ANTOINE RAGUIER

ET SES MAISONS

DE LA RUE DES BLANCS-MANTEAUX.

Au mois d'août dernier, lors des travaux exécutés, pour l'agrandissement des bâtiments du Mont-de-piété, dans la cour d'une maison portant le n° 22 de la rue des Blancs-Manteaux, les ouvriers ont fait une trouvaille des plus intéressantes au point de vue archéologique. Il s'agit d'un bloc de pierre sculpté, rencontré à la base d'un mur, où il paraissait employé en manière de libage, ce à quoi il a dû de rester dans un parfait état de conservation.

Ce bloc de pierre, en roche demi-dure du bassin de Paris, est haut de 0ᵐ42 ; sa face supérieure, qui est carrée, mesure 0ᵐ74 de côté, tandis que sa face intérieure, de moindre dimension, est de figure hexagonale ; ces deux faces sont d'ailleurs parallèles et concentriques.

Sur l'un des côtés se détache en relief un écusson parti portant, au premier, un sautoir cantonné de quatre perdrix, avec une bordure engrelée brochant sur le tout ; au deuxième, un chevron accompagné de trois grappes de raisin. Sur le côté opposé, un autre écusson, également en relief, reproduit en plein les armoiries du premier parti précédent. Chacun de ces écussons est supporté, ou, pour mieux dire, tenu, comme en pieuse offrande, par deux anges drapés dans de longues robes flottantes, qui s'étendent latéralement et joignent par les pieds deux autres anges inversement symétriques, présentant, dans la même attitude, l'écusson de la face opposée.

Il n'est pas difficile, à première vue, de juger, par la forme encorbellée de l'objet et le style naïf et fruste de sa décoration, qu'on se trouve en présence d'un chapiteau de colonne ou de pilier datant du milieu du xvᵉ siècle. De plus, les figures d'anges qui tiennent les blasons témoignent, à notre avis, qu'un sentiment de pure dévotion en a inspiré le dessin, et que ce chapiteau était destiné à faire partie de la décoration d'un édifice religieux, tel qu'une église ou une chapelle[1], où il devait être appliqué à la retombée des arcs doubleaux ou nervures de voûtes d'arête. Il est bien entendu que notre opinion, dans ce cas particulier, est tout à fait hypothétique et que nous sommes loin de prétendre l'énoncer en règle absolue. Nous n'ignorons pas, en effet, que, dans les édifices laïcs des xvᵉ et xvıᵉ siècles, les imagiers ont souvent abusé de la représentation des anges; ils leur ont fait aussi supporter des armoiries et des devises, ou bien encore, ils les ont employés en culs-de-lampe à la place des traditionnels marmousets, etc.[2]. Mais on ne saurait en inférer que notre hypothèse doit être rejetée comme inadmissible; elle repose, au contraire, ainsi que nous le verrons bientôt, sur des indices suffisamment probants.

Il n'est pas moins aisé de préciser, à quelques années près, l'époque où fut taillé notre chapiteau, grâce à ses figurations héraldiques qui rappellent, notamment sur l'écusson parti, l'alliance de deux familles parisiennes jouissant dès le xvᵉ siècle d'une certaine notoriété : les familles Raguier et Budé. Or, d'après nos héraldistes, les Raguier portaient : *d'argent, au sautoir de sable cantonné de quatre perdrix au naturel*, tandis que les armes de la maison de Budé étaient : *d'argent, au chevron de gueules, accompagné de trois grappes de raisin d'azur pamprées de sinople*[3]. Ces blasonnements sont donc bien conformes aux figurations de la pierre, sauf la bordure engrêlée dont celle-ci pare l'écusson des Raguier, et où il ne faut voir autre chose que ce qu'en terme de blason on appelle une *brisure* de puîné ou de branche cadette, l'aîné ou la branche aînée ayant seuls droit aux armoiries *pleines* du chef de la famille. Quant à l'alliance des deux familles, des titres nous ont appris qu'elle date du 5 août 1441, c'est-à-dire du mariage d'Antoine Raguier, trésorier des guerres du roi, avec Jacquette Budé, fille de Dreux Budé, alors grand audiencier de la chancellerie de France[4]. Il est donc évident que la confection de

---

1. On peut voir, dans plusieurs édifices religieux de Paris, maints exemples de représentation d'anges employés notamment dans quelques culs-de-lampes et clefs de voûte de l'église Saint-Séverin, dans quelques consoles du cloître des Billettes, etc. Cf. l'Atlas de la *Statistique monumentale* d'Albert Lenoir. Le pendentif sur lequel porte la chapelle de l'hôtel de Cluny est également décoré d'un écusson (celui du cardinal d'Amboise) tenu par des anges. Voir l'*Hôtel de Cluny*, par M. Ch. Normand, p. 117.

2. Viollet-le-Duc, *Dictionnaire d'architecture*.

3. Grandmaison, *Dictionnaire héraldique;* Rietstap, *Armorial général*, etc.

4. Bibl. nat., mss., *Pièces orig.* et *Dossiers bleus*, aux noms *Raguier* et *Budé.* — Le Dreux Budé, dont il est ici question, devint prévôt des marchands

notre chapiteau ne saurait être antérieure à cette date; nous allons voir de combien d'années environ elle peut lui être postérieure.

M. H. Moranvillé a publié, dans les *Mémoires* de notre Société, de très curieuses et abondantes notes sur la famille des Raguier, notamment sur deux de ses membres les plus opulents : Hémon Raguier, trésorier des guerres sous Charles VI, et Raymond Raguier, conseiller du roi et maître de la chambre aux deniers sous le même règne. Avant tout, M. Moranvillé a fait justice de la légende qui attribue aux Raguier une origine allemande; on a dit qu'ils étaient venus en France à la suite d'Isabeau de Bavière, en 1385, et que son auteur était cuisinier; mais il paraît qu'il n'en peut rien être, puisque Raymond Raguier, cousin ou frère, sinon père, d'Hémon Raguier, faisait partie, dès 1380, de la Chambre aux deniers[1].

Quoi qu'il en soit, et pour ne nous en tenir qu'aux lieux qui nous intéressent, nous savons qu'Hémon Raguier était déjà, en décembre 1413, possesseur d'une maison située entre la rue des Blancs-Manteaux et la rue de Paradis et attenante à l'hôtel de Guy de Besançon, ainsi qu'elle est désignée dans un titre de propriété de ce dernier[2].

En qualité de trésorier des guerres et d'argentier d'Isabeau de Bavière, Hémon Raguier occupait une situation financière exception-

---

en 1452. On compte parmi ses petits-fils le célèbre helléniste Guillaume Budé, l'un des fondateurs du Collège de France, qui fut aussi prévôt des marchands de 1522 à 1523 (cf. *Notes sur la famille de Guillaume Budé*, publiées par M. H. Omont dans le *Bulletin de la Société de l'Histoire de Paris et de l'Ile-de-France*, 12ᵉ année, 1885, p. 45-50). Au sujet de Guillaume Budé, nous avons trouvé qu'il était, à la date du 5 novembre 1518, possesseur d'une maison, précisément dans les parages qui nous occupent ici, ainsi qu'il appert d'un « titre nouveau » pour le cens qu'il doit payer annuellement au Temple, à cause d'une maison dont il est « propriétaire et détenteur; » laquelle maison « contient deux corps d'hostel et est assise près la porte Barbette, au coin des rues de Paradis et de la porte Barbette, tenant d'une part et aboutissant par derrière aux religieux des Blancs-Manteaux... » (Arch. nat., S 5072 A, 28ᵉ nᵒ de la 62ᵉ liasse). On sait que Guillaume Budé est mort, le 23 août 1540, dans une maison sise rue Saint-Martin, en face de la rue de Montmorency. Cette maison, devenue plus tard l'hôtel de Vic, a disparu entièrement, en 1885, pour faire place à une maison de rapport portant actuellement le nᵒ 203 de la rue Saint-Martin.

1. Voir les annotations placées par M. Moranvillé à la suite de sa publication du *Songe véritable*, p. 415 à 421 du t. XVII (1890) des *Mémoires de la Société de l'Histoire de Paris et de l'Ile-de-France*. — M. Jules Lair, dans son *Histoire de la seigneurie de Bures*, publiée aussi dans les *Mémoires* de la même Société, t. II (1875), a consacré deux pages intéressantes (p. 202-203) à Raymond Raguier, qu'il nous montre assiégé dans son château d'Orsay et obligé de se réfugier à Bourges, où il mourait le 12 août 1421.

2. Arch. nat., S 5072 A, nᵒ 12 de la 62ᵉ liasse.

nelle et puissante, et, grâce à ses dilapidations et aux prodigalités excessives de la reine, il acquit bien vite une fortune scandaleuse. Cependant, il faut le reconnaître à son honneur, il ne suivit pas Isabeau dans ses trahisons et resta fidèle au fils de Charles VI. Aussi vit-il, en 1423, tous ses biens confisqués par les Anglais au profit de l'indigne souveraine, en paiement, fut-il argué, de ce que ledit Raguier, jadis trésorier et receveur général des finances de cette princesse, lui était redevable[1]. Les extraits des comptes de confiscations, que donne Sauval, nous font connaître quelques-uns de ces biens : ce sont d'abord une maison de la rue des Blancs-Manteaux, tenant à l'église du même nom; trois maisons de la rue de Paradis situées non loin de là; une maison de la Vieille-rue-du-Temple aboutissant par derrière aux Poulies, et enfin des héritages sis à Arcueil[2].

Après l'expulsion des Anglais, Hémon Raguier rentra en possession de ses propriétés. Pendant l'année 1433, alors qu'il accompagnait le roi à Tours, il tomba si malade que Charles VII fut forcé, le 1er octobre, de lui donner un successeur dans ses fonctions de trésorier des guerres, et il choisit son fils Antoine. Hémon Raguier mourut peu après à Tours, le 2 novembre suivant[3].

Antoine Raguier hérita les biens de son père, notamment ses maisons de la rue des Blancs-Manteaux et de la rue de Paradis[4]. Puis, ainsi que nous l'avons dit précédemment, il épousa, le 5 août 1441, Jacquette Budé. Le 10 mars 1447, il faisait ramener à Paris les restes de son père, qui avait été enterré dans l'église des Carmes de Tours, pour les faire inhumer dans une des chapelles de l'église des Blancs-Manteaux, auprès de sa première femme, Gillette de La Fontaine, décédée le 19 septembre 1403. Dans son *Epitaphier du vieux Paris*, M. Emile Raunié a reproduit, d'après Gaignières, les dessins des tombes et les épitaphes d'Hémon Raguier et de son épouse, Gillette de La Fontaine. Dans celle d'Hémon, où, après la mention et la date de son décès, se trouve rapporté le fait de la translation de ses ossements, on remarque qu'il y est encore dit que la chapelle où il repose est celle qu'« en son vivant il avoit fondée et faict faire... » De plus, l'épitaphe se trouvait accompagnée des armoiries suivantes : *d'argent, au sautoir de sable cantonné de quatre perdrix au naturel; à la bordure engrelée de gueules, brochant sur le tout.* Puis, dans une de ses annotations, M. Raunié a soin d'ajouter que, dans le dessin de Gaignières, on voit sous l'arcade, où se trouve la tombe d'Hémon

---

1. A. Longnon, *Paris pendant la domination anglaise.* Paris, 1878, in-8°, p. 85-86.

2. Sauval, t. III, p. 302, 320, 328 et 572.

3. Henri Moranvillé, *loc. cit.*, p. 418-419.

4. Arch. nat., MM 133, 134, 135 et 136.

Raguier, une table de pierre appliquée à la muraille, sur laquelle devait être gravée la fondation faite par ce personnage après la mort de sa première femme, le 16 novembre 1408, mais que cette inscription ne nous a pas été conservée [1].

Nul doute à présent, le chapiteau qui nous occupe semble bien se rapporter à la fondation de cette chapelle. Il nous paraît évident qu'Antoine Raguier acheva la dévote entreprise de son père, dont il ne reste plus aujourd'hui d'autre souvenir que l'épitaphe publiée par M. Raunié, ni d'autre trace que ce chapiteau, découvert au n° 22 de la rue des Blancs-Manteaux, là où l'aveugle cours des choses a dû le faire échouer il y a environ deux siècles, c'est-à-dire peu après la démolition de l'ancienne église des Blancs-Manteaux et la dispersion de ses vieux matériaux [2].

Nous ignorons, quant à présent, la date précise de la mort d'Antoine Raguier ainsi que le lieu de sa sépulture ; nous savons seulement qu'il jouissait encore en 1465 de son office de trésorier des guerres, témoins deux mandats de paiement que lui adressa le roi Louis XI les 3 et 19 mai de cette année [3]. Son fils aîné, Jean Raguier, seigneur de la Motte-Tilly, grènetier de la ville de Soissons, était déjà un opulent personnage lorsqu'il hérita les biens de son père. Voici, d'après Félibien, le récit d'un fait qui peut d'ailleurs donner quelque idée de la façon brillante avec laquelle ce fastueux fils de financier entendait tenir son rang.

« En ce temps-là, les joustes estoient fort à la mode. Il y en eut
« une, le 15 mai 1468, devant l'hostel des Tournelles, qui fut très
« honorable à ceux de Paris. Quatre gentilshommes de la compagnie
« du grand sénéchal de Normandie ordonnèrent les lices et préparèrent
« le champ, après avoir invité auprès et au loin les plus braves cham-
« pions à rompre trois lances avec chacun d'eux. Jean Raguier, fils
« d'Antoine Raguier, trésorier des guerres, vint en grande haste de

---

1. E. Raunié, *Épitaphier du vieux Paris*, t. II, p. 67 et 68.

2. Il ne reste plus rien malheureusement de l'ancienne église des Blancs-Manteaux, remplacée, en 1685, par celle qui subsiste actuellement et reste si peu digne d'intérêt artistique. En tête du chapitre consacré au couvent des Blancs-Manteaux dans son *Épitaphier du vieux Paris* (t. II, p. 35), M. E. Raunié a fait graver une planche reproduisant un plan de cet ancien couvent, entièrement démoli au xvii° siècle, lequel plan a été dressé par M. Hochereau, d'après un plan manuscrit dressé, en 1674, par Hilaire Pinet et conservé aux Arch. nat., III° section, n° 9. Un plan analogue a été aussi publié par H. Bonnardot dans son *Appendice aux études archéologiques sur les anciens plans de Paris*, pl. III, d'après un dessin qui existait à l'ancienne bibliothèque du Louvre, incendiée en 1871.

3. Bibl. nat., mss., *Pièces orig.*, au mot *Raguier*. — Bernard de Mandrot, *Journal de Jean de Roye*, t. I, p. 82.

« Rouen, où il estoit aussi trésorier des guerres dans le duché de
« Normandie, et amena avec lui plusieurs gentilshommes vestus de
« hocquetons brochez d'or. Il se présenta dans le champ, bien monté,
« avec quatre valets de pied à ses costés pour tenir ses lances. Après
« qu'il se fut promené quelque temps, arriva un des quatre gentils-
« hommes, contre lequel il jousta si adroitement qu'il rompit jusqu'à
« cinq lances; ce qui lui attira de grands éloges de la part des juges
« du tournoi et de toutes les dames qui estoient présentes...[1]. »

Le 13 août 1490, une sentence des requêtes du palais fut rendue
pour le grand prieur de France còntre Jean Raguier au sujet du paiement des cens et rentes que le Temple avait le droit de percevoir sur
ses immeubles rue de Paradis, rue du Puits (aujourd'hui rue Aubriot),
rue des Cinges (aujourd'hui rue des Guillemites) et rue des Blancs-
Manteaux, savoir :

Sur un grant jardin, assis en la rue de Paradis, tenant d'une part à ung
hostel, qui fut maistre Gui de Bezançon et de present à Me Estienne Enjorrant, advocat en Parlement, et d'autre à un grant hostel, assis en ladite rue
de Paradis, ouquel a une grant porte charretière, appartenant audit deffendeur (Jean Raguier); ouquel jardin avoit anciennement deux maisons, qui
depuis furent en masures, jadis appartenant à messire Jaques de Bourbon[2],
chargées de quatre livres parisis de fons de terre et rente;

Item, une autre maison joignant ausdites maisons, qui fut audit Me Jaques
de Bourbon et à maistre Guy Blossier, chargée de deux deniers parisis de
fons de terre;

Item, deux petites maisonnettes d'aumosnes, qui furent Robert Saget,
chargées envers ledit demandeur (le grand prieur du Temple) en deux
deniers parisis de cens et fons de terre; lesquels lieux ledit Jehan Raguier,
deffendeur, a fait abatre et applicquer audit grant jardin dessusdit;

Item, trente-six sols parisis, tant de fons de terre que de rente paiable
chacun aux quatre termes accoutumez au moins une fois en l'an, en et sur
un grant hostel et appartenances, ouquel a une grant porte a l'entrée, court,
puys, salles et estables, seans et assis en ladite rue de Paradis; lequel hostel
et appartenances fut audit messire Jaques de Bourbon et avant Guy de
Blossier, tenant d'une part au jardin dessus declaré, et d'autre part à une
maison appartenant aux religieux des Blancs-Manteaulx, aboutissant aux
vieilz murs de Paris;

Item, vingt-sept deniers de cens ou fons de terre audit terme Saint-Remy,
en et sur certaines maisons entretenans, qui furent Jehanne de Blois, assises
en la rue du Puys, tenant d'une part aux hoirs à la damoiselle de Bruyères,
et d'autre part audit defendeur;

Item, douze deniers parisis de cens ou fons de terre audit jour Saint-Remy

---

1. Félibien et Lobineau, *Histoire de la ville de Paris*, t. II, p. 859.
2. Jacques de Bourbon, sieur de Préaux, mort en 1422 à La Rochelle des
suites de l'écroulement de la salle où siégeait le Conseil du roi (E. de Ménorval, *Paris depuis ses origines jusqu'à nos jours*, t. II, p. 247, note 1).

en et sur une maison joignant aux maisons dessusdites, qui fut et appartint aux hoirs feu Simon Riche, tenant et aboutissant de toutes parts audit deffendeur;

Item, deux sols six deniers parisis de cens ou fons de terre audit terme Saint-Remy, sur une maison estant de present en jardin, où souloit avoir maisons, faisant le coing de la rue du Puys, tenant et aboutissant à certaines maisons et louages, faisant le coing de la rue des Cinges, qui furent et appartindrent à Nicolas Duton et Nicolas Pruart, et de present appartiennent audit defendeur;

Item, trois solz neuf deniers de cens ou fons de terre audit jour Saint-Remy sur lesdites maisons et louages faisant le coing de ladite rue des Cinges, du costé de la rue des Blancs-Manteaulx, tenant et aboutissant de toutes parts audit defendeur;

Item, seize deniers parisis de cens et fons de terre audit Saint-Remy sur une masure et jardin, où souloit avoir maison, tenant d'une part ausdites maisons faisant le coing de la rue des Cinges dessusdites, et d'autre part à ladite damoiselle de Bruyeres ou à ses hoirs;

Item, vingt-quatre solz troys deniers parisis tant de fons de terre que de rente, paiable chacun an aux quatre termes à Paris accoustumez, sur un grant hostel contenant court, salles, chambres, galleries, estables et autres ediffices, tenant d'une part ausdits religieux des Blancs-Manteaulx, et d'autre part aux hoirs et ayans cause de maistre Raoul du Reffuge[1], aboutissant aux anciens murs de la ville de Paris...[2].

Le document que nous venons de reproduire est une énumération assez intéressante; elle nous renseigne d'une façon précise sur les biens que Jean Raguier possédait alors dans le quartier des Blancs-Manteaux.

Nous ne saurions omettre que Jean Raguier eut pour frères Dreux Raguier, s[r] de Thionville et maître des eaux et forêts aux pays de France, de Champagne et de Brie, lequel devint prévôt des marchands de 1506 à 1507; Louis Raguier, évêque de Lisieux, et Jacques Raguier, évêque de Troyes. Enfin, Jean Raguier était mort au commencement de 1504; il avait épousé Marie Beauvarlet, fille de Mathieu Beauvarlet, notaire et secrétaire du roi, receveur général des finances, lequel fut inhumé aux Blancs-Manteaux[3].

---

1. Raoul du Reffuge, maître des comptes. Sa maison paraît être celle qu'a remplacée depuis lors celle du n° 22 de la rue des Blancs-Manteaux, où fut découvert le chapiteau d'Antoine Raguier; Raoul du Reffuge l'avait achetée, en 1460, de Denise Raguier, veuve et exécutrice testamentaire de Jean Le Vavasseur, maître des comptes. Denise Raguier en aurait sans doute hérité de son père, Hémon Raguier (Lefeuve, *les Anciennes maisons de Paris,* t. I, p. 470-472; E. de Ménorval, *op. cit.*, t. II, p. 247, note 1).

2. Arch. nat., S 5072 A, n° 26 de la liasse 62.

3. Bernard de Mandrot, *loc. cit.*, t. I, p. 202; Joseph Vaesen, *Lettres de Louis XI*, t. IV, p. 244; l'abbé Lebeuf, éd. Cocheris, t. I, p. 372.

Une déclaration au Temple, du 20 décembre 1533, pour le paiement du cens, nous apprend que les maisons de Jean Raguier étaient devenues en partie le bien propre d'une de ses descendantes, Jeanne Raguier, épouse de M⁰ Jean Hurault[1], seigneur de Bueil, conseiller du roi et maîtres des requêtes de son hôtel. Dans cette déclaration, Jean Hurault et son épouse, Jeanne Raguier, « confessent estre « detempteurs et proprietaires » de deux maisons :

« L'une assise en la rue de Paradis et l'autre en la rue des Blancs-
« Manteaux ; et une d'icelles maisons tenant, d'une part, tout le long
« aux vielz murs de la ville, iceluy vielz murs estant des appartenances
« de ladite maison, et tenant iceluy vielz murs à la maison appartenant
« audit sʳ reconnoissant (Jean Hurault), estant en la rue et du costé
« des Blancs-Manteaulx et à la maison et jardin appartenans au sei-
« gneur de Montmirail et M⁰ Jehan Picart, d'autre part, tout le long
« de la rue de Paradis, depuis la maison appartenant aux religieux
« des Blancs-Manteaulx jusques à la maison de feu Enjorrant,
« aboutissant d'un bout à ladite maison dudit feu Enjorrant, une
« petite yssue entre [elles] deulx, et, d'autre part, aux maisons et
« couvent desdits religieux des Blancs-Manteaulx ; laquelle maison
« contient de present plusieurs petites maisons, qui sont de present
« occupées ensemble ;

« L'autre maison assise en la rue des Blancs-Manteaulx, tenant à
« ladite relligion, et d'autre au seigneur de Montmirail, aboutissant
« d'un bout à la muraille de ladite ville, appartenante à la maison
« contenue cy-devant, et d'autre bout à la rue des Blancs-Manteaulx ;

« Sur lesquelles deux maisons auxdits sieur et damoiselle apparte-
« nans à cause du propre d'elle, noble et religieuse personne frere
« Pierre de Cluys, chevalier de l'ordre Saint-Jehan de Hierusalem,
« grant prieur de France, a droit de prendre et percevoir, à cause de
« la commanderie du Temple à Paris, sept livres six deniers parisis
« de cens et rente, qui seroit pour chacune desdites maisons soixante-
« dix solz trois deniers parisis...[2]. »

Nous bornons ici, quant à présent, ce modeste essai sur le domaine des Raguier dans le quartier des Blancs-Manteaux, nous réservant d'y revenir plus amplement et de relater ses transformations successives dans une étude assez étendue que nous avons entreprise sur la topographie ancienne du Marais. Quant au chapiteau d'Antoine Raguier, nous sommes heureux d'annoncer que l'administration du Mont-de-piété

---

1. Jean Hurault décéda le 10 septembre 1541 et fut enterré aux Blancs-Manteaux auprès de son parent, Philippe Hurault, abbé de Marmoutier, Bourgueil et de Saint-Nicolas d'Angers, décédé le 12 novembre 1539 (l'abbé Lebeuf, éd. Cocheris, t. I, p. 373).

2. Arch. nat., S 5072 A, n⁰ 30 de la liasse 62.

vient d'en faire le gracieux abandon au musée Carnavalet, ainsi que d'une petite console en pierre, de même provenance et de la même époque, ornée d'un marmouset, dont le chaperon et le costume indiquent bien le temps de Charles VII.

(Extrait du *Bulletin de la Société de l'Histoire de Paris et de l'Ile-de-France*, 1896, t. XXIII, p. 190-198.)

Nogent-le-Rotrou, imprimerie DAUPELEY-GOUVERNEUR.

www.ingramcontent.com/pod-product-compliance
Lightning Source LLC
Chambersburg PA
CBHW061901080726
47597CB00010BA/4348